S0-ALN-111

Las medidas del tiempo

Carla Aymes y Rebeca Kraselsky

"… y respóndame al momento:
cuándo formó Dios el tiempo
y por qué lo olvidó."
"Moreno, voy a decir
según mi saber alcanza;
el tiempo sólo es tardanza
de lo que está por venir;
no tuvo nunca principio
ni jamás acabará,
porque el tiempo es una rueda,
y rueda es eternidá;
y si el hombre lo divide
sólo lo hace, en mi sentir;
por saber lo que ha vivido
o le resta por vivir."

Martín Fierro
José Hernández

El tiempo y la naturaleza

¿Qué es el tiempo? Hay muchas maneras de entenderlo, pero aquí empezaremos por decir que no es un objeto, pues no podemos verlo ni tocarlo. El tiempo es, en principio, un concepto, una idea.

Paisaje con vacas, Holanda, siglo XVIII.
Pintado al óleo sobre tela.
Colección Museo Franz Mayer.

La necesidad de medir el tiempo

Algo que nos ha diferenciado del resto de los animales es nuestra capacidad de observación. Al observar los cambios recurrentes en la naturaleza, así como en las personas, surgió en nosotros la necesidad de medir y cuantificar el tiempo que duraban esas transformaciones periódicas, esos ciclos. Los primeros seres humanos tuvieron varios motivos para medir el tiempo: la posibilidad de anticiparse a las temporadas de frío o calor y protegerse; la oportunidad para trasladarse a lugares donde se pudieran recolectar frutos o para hallar una mejor caza. La medición del tiempo resultó una invaluable herramienta y llenó la vida de la gente con imágenes para representarlo.

3

Las estaciones

En la naturaleza el tiempo puede *verse* con el pasar de una estación a otra, de la primavera al verano, y de éste al otoño y al invierno. Después, vuelve la primavera y así nos damos cuenta de que comenzó un nuevo año.

Hay cuatro estaciones y cada una ha sido representada con tres signos astrológicos. Por ejemplo, si observas con cuidado el grabado que aparece en esta página, verás los signos de cáncer, leo y virgo (un cangrejo, un león y una doncella alada). Éstos son los símbolos del verano, que abarca los meses de junio, julio y agosto. Durante esta época se debe recolectar lo que se sembró y cuidó durante el año, tal y como se ve al fondo del grabado, donde se representa a un grupo de campesinos durante la cosecha.

Grabado del Verano, atribuido a Adriaen van de Velde (1636-1672), Amsterdam, Países Bajos, siglo XVII; técnica: aguafuerte. Colección Museo Franz Mayer. En la siguiente página y abajo, detalles del mismo grabado.

4

El tiempo en nuestro cuerpo

El cambio de estaciones muestra que existe un *orden* establecido por la naturaleza.
Orden que también nos afecta a nosotros, ya que tenemos un *reloj biológico*, que
se manifiesta en la actividad diaria de nuestro organismo y en las transformaciones
que ocurren en nuestro cuerpo con el correr de los años. Los ciclos biológicos de cada
individuo también son una manera de medir el tiempo. Albergamos en nuestros cuerpos
un tiempo personal con un principio y un fin.

El tiempo y sus representaciones

El paso del tiempo se puede observar en nuestros cuerpos: somos niños y crecemos hasta convertirnos en adultos y luego en ancianos. Por eso el cuerpo y la vida han sido tomados como referencia por muchas culturas, que han establecido imágenes como la del hombre envejecido para referirse al tiempo.

Detalle de un grabado de Abricht en Divine Emblems, *Dulwich Galleries, Londres.*

En la página anterior, reloj de mesa, fabricado en Alemania o Francia durante el siglo XVII; y Cronos, detalle del mismo reloj. Colección Museo Franz Mayer.

Dioses del tiempo

Los antiguos griegos representaron a Cronos, el dios del tiempo, como un anciano delgado, con largas y blancas barbas.

Por ser Cronos el dios inventor del tiempo, los griegos también lo consideraron el dios de la creación. Por lo común se le representaba como un anciano, a veces alado, que llevaba en una mano la hoz, una herramienta utilizada en la agricultura, y en la otra mano un reloj de arena. En los relojes y el grabado que aparecen en estas páginas puedes ver a Cronos con ambos objetos; el reloj de arena nos recuerda que él inventó el tiempo. Observa el grabado: la barba tan larga que cae sobre el pecho de Cronos es otro atributo relacionado con el paso del tiempo.

7

Como es la deidad del tiempo de la antigüedad clásica, Cronos ha sido representado en relojes a lo largo de la historia. Una y otra vez se le puede encontrar dibujado, esculpido o pintado en estas máquinas.

El dios de la cultura cristiana también se ha representado como un anciano, creador del mundo y sus habitantes; por supuesto, es él quien controla el tiempo.

El reloj con larga caja de madera que puedes ver en esta página tiene al frente un medallón de metal dorado, donde Cronos aparece con sus atributos, es decir, con los objetos con los que se le ha asociado: la hoz y el reloj de arena.

Reloj de pie, hecho probablemente por Ioannes Volker en Alemania a fines del siglo XVIII. Colección Museo Franz Mayer.

Detalle (medallón en bronce dorado). Colección Museo Franz Mayer.

Ésta es la portada de una Biblia alemana del siglo XVI. En ella puedes ver la representación del dios cristiano, que observa desde el cielo el mundo creado por él.

Biblia. Altes und Neues Testaments, publicada en Luneburg, Alemania en 1650. Colección Museo Franz Mayer.

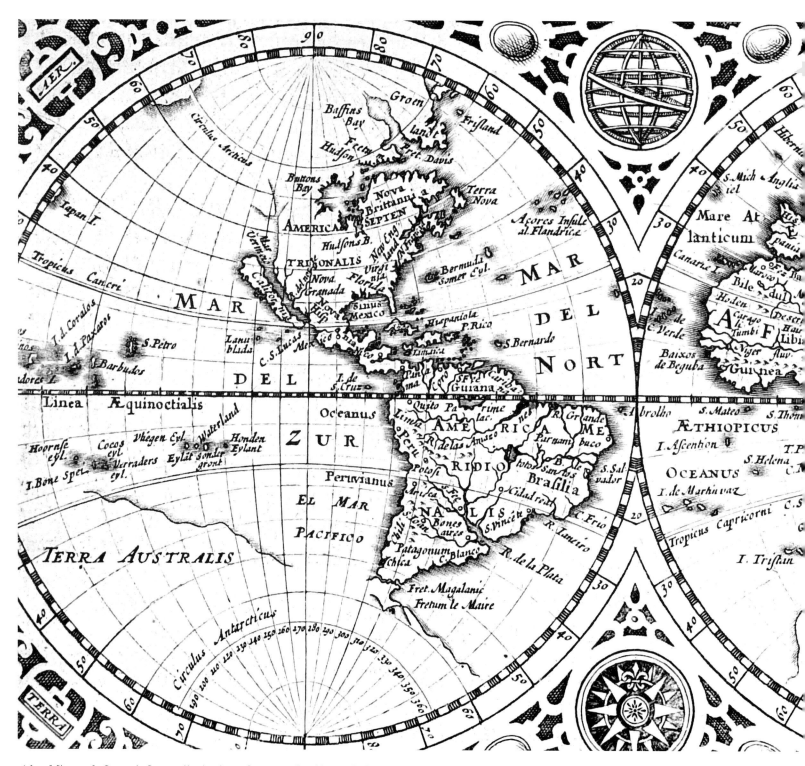

Atlas Minor, de Ioannis Iansonii. Aquí pueden verse las líneas de latitud paralelas a los polos. Colección Museo Franz Mayer.

El tiempo y el mar

Cuando el hombre comenzó a navegar, se enfrentó a un sinfín de problemas, entre ellos, establecer su posición exacta, conocer la hora, mantener la ruta, llegar al puerto deseado, etcétera. Al principio, las estrellas y el Sol fueron los guías de las embarcaciones, pero la necesidad de establecer con precisión el tiempo y la distancia derivó en la invención de una serie de instrumentos no sólo útiles sino de increíble exactitud.

Los árabes, por ejemplo, perfeccionaron un antiguo instrumento griego llamado astrolabio e inventaron otro llamado sextante para emplearlos en la navegación. Se trata de instrumentos bastante complejos para medir la distancia con respecto a las estrellas. Con este dato, los navegantes determinaban la latitud, es decir, la posición paralela con respecto a los polos en la que se encuentra la nave.

Ambos instrumentos, junto con la medición del tiempo, se aprovechaban para calcular la distancia recorrida, es decir, la longitud en la que se encontraba la embarcación. Mediante operaciones complejas, los marineros podían conocer la hora local (en la que ellos estaban), el movimiento de los astros, la ubicación geográfica y el trayecto recorrido. Sin embargo, la mayor dificultad que enfrentaban los navegantes para calcular la longitud –y por lo tanto su posición en el mar– era nada menos que conocer la hora de dos sitios a la vez: la del puerto desde donde habían partido y la del barco, que era la *hora real* y se leía empleando relojes que funcionaban con rayos solares. La diferencia entre estos dos tiempos era determinante para establecer su ubicación.

Este problema resultó especialmente difícil de resolver, puesto que los relojes mecánicos no soportaban el movimiento marítimo. Con el vaivén del barco en alta mar los materiales de los relojes sufrían cambios: los metales se contraían con el frío y se expandían con el calor, lo cual alteraba toda la maquinaria y hacía que los relojes se atrasaran o se adelantaran, perdiendo precisión. También el salitre y la oxidación interferían con en el buen funcionamiento de los relojes.

Sextante. Colección privada.

Mapa de América, hecho por Gerard Mercado en Amberes, durante el siglo XVI. Pueden observarse las líneas de longitud que cruzan los polos. Colección Museo Franz Mayer.

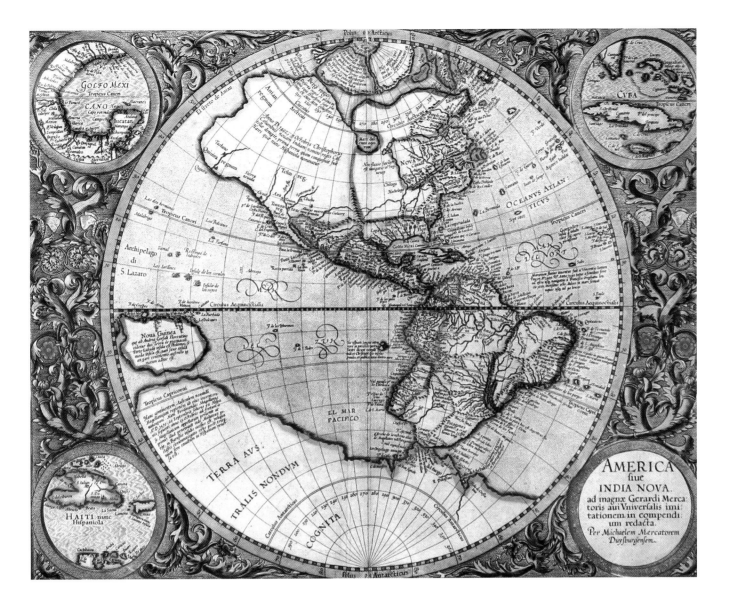

Durante siglos, científicos y relojeros experimentaron con distintos materiales y mecanismos, intentando crear un reloj que soportara todos los inconvenientes del viaje por mar y siguiera marcando con exactitud la hora del puerto desde el cual se zarpó. Al contar con la seguridad de tener un reloj preciso, los marineros fácilmente podían calcular su posición geográfica durante la travesía y evitar cualquier contratiempo en altamar.

El tiempo y los relojes científicos

Cuando los marineros por fin pudieron contar con un reloj preciso, el cálculo de la hora local o real fue mucho más factible –aunque no necesariamente sencillo–; bastaba con llevar un pequeño reloj portátil –que llamaremos científico– y conocer la latitud del sitio en donde estaban. Incluso los viajeros y comerciantes comenzaron a llevar este tipo de relojes, que funcionaban con la luz solar, pero no eran necesariamente relojes de sol. No hay que confundirnos, todos se sirven del sol, aunque unos lleven en su nombre la palabra *sombra.*

Gnomon
Se levanta para que proyecte una sombra

Brújula
Se usa para orientar el reloj

Cuadrante
Indica la hora gracias a la sombra del gnomon

Reloj de sombra, de tipo horizontal, con brújula; fabricado en bronce grabado con papel grabado. Colección Museo Franz Mayer.

14

Relojes de sombra

Los relojes portátiles para leer la hora local, llamados de sombra, se dividen en tres tipos: los equinocciales, los horizontales y los dípticos. Estos objetos funcionan con la ayuda de la proyección del sol y así indican qué hora es. Para que estos objetos funcionen es necesario orientarlos con respecto al norte geográfico, de ahí la importancia de contar con una brújula. Todos estos relojes poseen un gnomon o aguja, un cuadrante o círculo de horas y, por supuesto, una brújula. El gnomon se dispone de manera que siempre quede a noventa grados con respecto al cuadrante, de este modo proyecta una sombra sobre el círculo de horas.

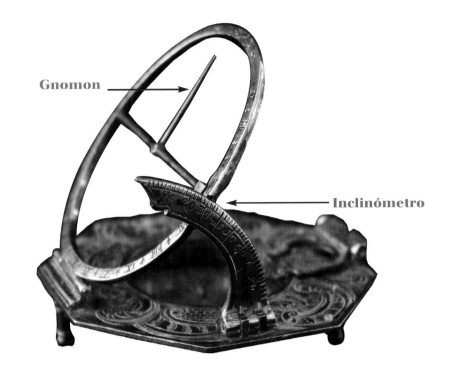

Gnomon

Inclinómetro

Reloj de sombra de tipo equinoccial probablemente hecho en Alemania. Fabricado en bronce grabado. Colección Museo Franz Mayer.

Relojes equinocciales

Los relojes equinocciales son especiales, ya que tienen un pequeño brazo llamado inclinómetro con diversos grados de latitud inscritos, lo cual permite que se pueda utilizar en distintos lugares, basta con seleccionar la latitud del lugar en donde la persona se encuentra y poner al gnomon perpendicularmente al círculo de horas; así se podrá ver mediante la pequeña sombra del gnomon, la hora local.

Relojes horizontales y dípticos

Los relojes de sombra horizontales y dípticos fueron hechos para leer la hora en una sola latitud o para una sola ciudad. Estos relojes deben orientarse hacia el norte geográfico utilizando la brújula y, entonces, como sucede con los relojes equinocciales, la sombra del gnomon o aguja se proyecta sobre el círculo de horas.

Algo que distingue a los relojes de sombra horizontales es que tienen un círculo o anillo de horas inscrito sobre la base del reloj.

Reloj de sombra tipo equinoccial hecho por Andreas Vogler en Augsburgo, Alemania, hacia finales del siglo XVIII. Fabricado en bronce grabado. Colección Museo Franz Mayer.

Los relojes dípticos se distinguían sobre todo por su forma y colores. El cuerpo de éste tiene forma de L; sobre la tabla vertical se encuentra el círculo de horas, donde, por medio del sol, un gnomon hecho de hilo proyectaba su sombra para indicar la hora.

Reloj de sombra de tipo horizontal, con reloj equinoccial hecho por Johan Martin Augusta en Augsburgo, Alemania, durante el siglo XVII. Fabricado en bronce, con bronce plateado y grabado. Colección Museo Franz Mayer.

Reloj de sombra, de tipo díptico, atribuido a Negelein; Nuremberg, Alemania, siglo XIX. Fabricado en madera con papel grabado y coloreado. Colección Museo Franz Mayer.

Reloj de luz, de tipo anular, hecho por Joseph Carnero en Nueva España (México) en el año de 1760. Fabricado en bronce grabado. Colección Museo Franz Mayer.

Relojes anulares de sol

Los relojes anulares son *relojes rayosos* o de sol, lo que significa que un pequeño rayo de luz es lo que marca la hora. Estos relojes están formados por dos anillos y una barra que atraviesa el anillo interior donde se encuentran inscritas las horas. La barra tiene todos los meses del año y un indicador con un pequeño orificio, el cual se sitúa en el mes en curso. El reloj se coloca para que un rayo de sol pase por el pequeño agujero dentro del indicador y este haz de luz es lo que marca la hora. A diferencia de los otros relojes solares, el anular no necesita ajustarse a los grados de latitud del lugar donde se está utilizando.

Este reloj anular, lo mismo que el grabado donde viste la representación del verano, tiene inscritos los signos del zodiaco; cada mes tiene su propio signo.

Reloj de luz, de tipo anular, fabricado en bronce grabado. En la barra de los meses (al centro) puedes ver los doce signos del zodiaco. Colección Museo Franz Mayer.

El tiempo y los relojes mecánicos

El interés más grande del arte de la relojería mecánica fue lograr que la máquina de un reloj pudiera mantener una marcha regular y constante, que resistiera los cambios de temperatura, de presión y el movimiento durante algún viaje o traslado. Todos los inventos que se construyeron buscaban que el reloj marcara con la mayor exactitud posible las horas, los minutos y segundos; y a diferencia de los relojes que llamamos científicos, éstos no necesitaron del sol ni de cálculos.

Este reloj de linterna está hecho en bronce y fue fabricado en el siglo XVI por un importante relojero llamado Daniel Quare, quien trabajó y vivió en Londres, ciudad que destacó por su gran producción de relojes.

El reloj de linterna

Entre los más antiguos relojes mecánicos está el llamado reloj de linterna, diseñado para funcionar durante treinta horas al cabo de las cuales se le debía de dar cuerda otra vez. Podía contar con despertador y con distintas campanas para producir varios sonidos. El reloj de linterna data del siglo xv, por lo tanto, es anterior a la invención del péndulo; en un principio sólo tenía una manecilla para marcar las horas.

Reloj de linterna hecho por Daniel M. Quare en Londres, Inglaterra, entre el año de 1670 y 1724. Fabricado en bronce fundido, forjado, calado y cincelado. Colección Museo Franz Mayer.

Péndulo de un reloj de mesa. Colección Museo Franz Mayer.

El péndulo

La búsqueda de una maquinaria cada vez más precisa, que funcionara por largo tiempo y marcara la hora perfectamente, llevó al que, sin duda, es el invento más importante y revolucionario relacionado con los relojes: el péndulo. Gracias a él se consiguió producir un movimiento constante y de gran exactitud. El péndulo comenzó a utilizarse en Inglaterra, durante la segunda mitad del siglo xvii, y fue probablemente inventado por Christian Huygens.

Las formas de un reloj

Observar un reloj puede ayudarnos a entender mejor cómo funciona. Si la caja es pequeña y cuadrada, quiere decir que está hecho para ser colocado sobre una mesa o repisa; si es larga y alta, entonces se trata de un reloj de pie.

Otras características incluso pueden darnos información sobre la historia de la relojería; por ejemplo, hay que indagar los lapsos que el reloj marca –las horas, los minutos y segundos–, si tiene campanas o piezas móviles o musicales que suenan cada quince minutos o cada hora; o algún muñequito que baile, o cualquier otro adorno. De igual manera, la forma de cada reloj y todos los elementos de su maquinaria y su decoración nos pueden mostrar los distintos momentos de su vida o de la historia de la relojería.

Al principio, sólo los relojes de pie funcionaban con un péndulo, mientras que los de mesa basaban su funcionamiento en una serie de ruedas que marchaban por sí mismas durante ocho días, una vez que alguien daba cuerda al mecanismo.

Reloj de pie hecho por A. van Aken en Amsterdam, Países Bajos, durante el siglo XVIII. Colección Museo Franz Mayer.

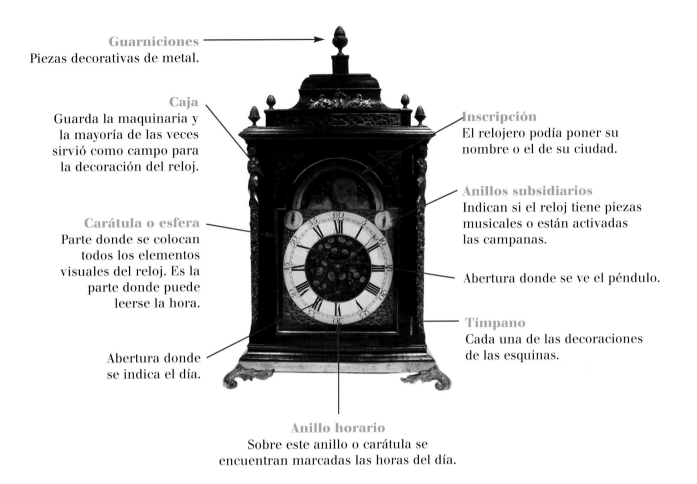

Guarniciones
Piezas decorativas de metal.

Caja
Guarda la maquinaria y la mayoría de las veces sirvió como campo para la decoración del reloj.

Inscripción
El relojero podía poner su nombre o el de su ciudad.

Carátula o esfera
Parte donde se colocan todos los elementos visuales del reloj. Es la parte donde puede leerse la hora.

Anillos subsidiarios
Indican si el reloj tiene piezas musicales o están activadas las campanas.

Abertura donde se ve el péndulo.

Tímpano
Cada una de las decoraciones de las esquinas.

Abertura donde se indica el día.

Anillo horario
Sobre este anillo o carátula se encuentran marcadas las horas del día.

El anillo horario es el círculo principal de la carátula. Los primeros relojes sólo tenían una sola aguja para marcar las horas. Edward Easte, relojero inglés de la corte de Carlos I, fue el primero en utilizar dos manecillas, una para las horas y otra para los minutos, hacia 1670.

Los anillos subsidiarios son más pequeños que el anillo principal; unos sirven para programar el despertador y otros se usan para que las piezas musicales que incluye el reloj sean tocadas cada cuarto, media u hora completa.

La sonería es un mecanismo semejante al sistema de rodillos de las cajas de música.

Reloj de mesa con sonería hecho por Eardley Norton en Londres, Inglaterra, entre los años de 1770 y 1794. Colección Museo Franz Mayer.

El tiempo, los viajeros y los comerciantes

Por mucho tiempo la relojería fue un arte para entendidos y estudiosos de los fenómenos del universo. En las cortes de los reyes había un relojero real que se encargaba de estos instrumentos.

La relojería fue considerada una tarea relacionada con la ciencia y la navegación.

Conocer las formas de medir el tiempo resultaba indispensable para recorrer grandes distancias en la tierra o en el mar, y con los viajes se descubrieron nuevas latitudes que se plasmaron muy pronto en mapas. Estos mapas sirvieron a su vez para que marinos y aventureros conocieran los caminos para el comercio y el intercambio de mercancías. En la búsqueda de la aventura y el comercio, el tiempo fue un elemento indispensable, pues conociendo el tiempo es posible medir el espacio y establecer las distancias entre un punto y otro.

Por otra parte, gracias a los relojes mecánicos, que no necesitaban del sol ni de la sombra, el cielo o las estrellas, se podía conocer la hora dentro de las casas. Bastaba con que alguien les diera cuerda para que continuaran funcionando. De hecho, este tipo de instrumentos estaban pensados exclusivamente para ser empleados en interiores.

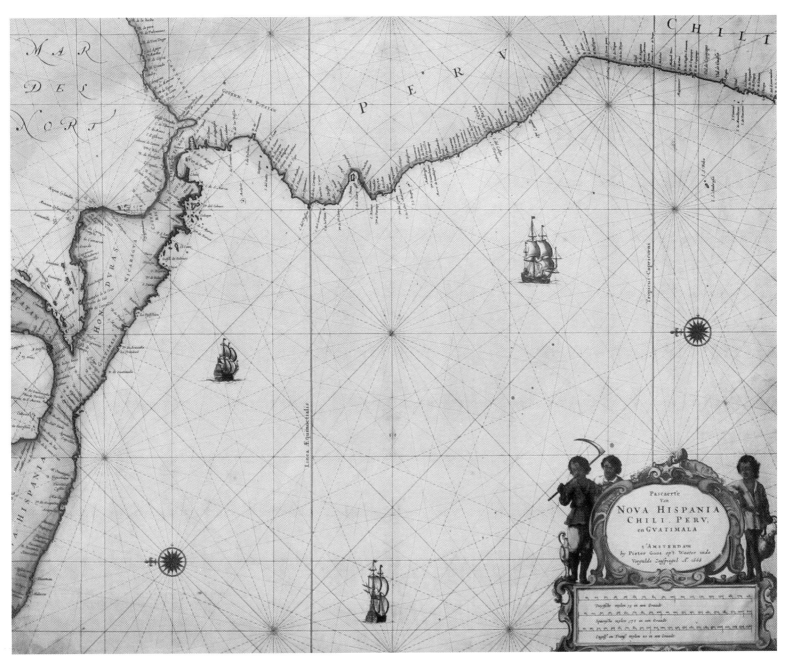

Mapa de Nueva España, Chile, Perú y Guatemala, realizado por Pieter Goos en Amsterdam en 1666. Colección Museo Franz Mayer.

El gremio de relojeros

Los relojes fabricados para las casas tuvieron un enorme éxito. Tanto así, que los relojeros de Londres –los más famosos en los siglos XVII y XVIII– contaban con una calle exclusiva para ellos en la ciudad. Los relojes eran deseados y comprados por la gente en toda Europa y así llegaron a los más diversos lugares donde sus compradores los esperaban con enorme expectativa.

A pesar de que en el siglo XVII existían ya relojeros y talleres famosos, durante mucho tiempo, estos artesanos trabajaron sin que ninguna ley amparara su actividad. Muchos relojes pasaban de un país a otro desarmados y las piezas se desperdigaban por aquí y por allá hasta que eran armados en otros talleres. Vender relojes de ese modo hacía perder dinero a los relojeros más famosos y dio lugar a falsificaciones. Por esta razón los relojeros europeos se agruparon en gremios. Los primeros en formar uno fueron los que tenían su taller en la ciudad de Londres, quienes crearon su agrupación en 1631.

Reloj de mesa con sonería hecho por Janson en Londres, Inglaterra, durante la segunda mitad del siglo XVIII. Colección Museo Franz Mayer.

Reloj de mesa realizado por Peter y Robert Higgs y Diego Evans en Londres, entre 1760 y 1825. Colección Museo Franz Mayer. ●→

Robert y Peter Higgs fueron dos hermanos que trabajaron en Londres junto con Diego Evans, quien, nacido en Londres, firmaba también James Evans. Existen relojes firmados individualmente, por los hermanos juntos o por alguno de ellos con Evans. Y no sólo trabajaron los tres sino que firmaban todos en español. Incluso en ocasiones escribían *Londres* en vez de *London*. Esto nos indica que los relojes eran realizados pensando en el mercado al cual se destinaban.

Los integrantes del gremio de los relojeros tenían derecho a inspeccionar barcos, tiendas y bodegas en busca de relojes de dudosa calidad. Luego se creó una ley para regular el comercio de estos objetos y se prohibió que salieran de Londres sin la marca del relojero. Esta orden ayudó a que sólo se vendieran relojes de talleres autorizados. Los gremios también regulaban la calidad de los artículos y enseñaban el oficio.

Los relojeros famosos fabricaban modelos exclusivos para el comercio en sitios específicos; es el caso de los hermanos Peter y Robert Higgs, quienes firmaban en español porque sabían que sus aparatos se venderían en España.

Los fabricantes generalmente ponían su firma en los relojes; la carátula era el sitio indicado para ello; muchos también incluían la fecha de fabricación. Y si echamos un vistazo a su interior también podremos ver el lugar en el que fueron realizados.

Algunos relojes de origen europeo llegaron a la Nueva España, donde fueron adaptados o donde se les cambió la caja original.

Reloj de mesa realizado por Eardley Norton en Londres entre 1770 y 1774. Colección Museo Franz Mayer.

Este reloj ha sido intervenido (o modificado); si lo comparas con otros que aparecen en el libro podrás notarlo fácilmente. En ocasiones, los dueños sucesivos les cambiaban las cajas, o bien les agregaban o quitaban cosas. Así sucede con la mayor parte de los objetos que han nacido para entrar en un contacto más directo con el usuario.

Reloj de mesa, firmado por Jos. Antram, realizado en Londres a principios del siglo XVIII. Colección Museo Franz Mayer.

Los relojes novohispanos

Aunque no es una tarea fácil encontrar relojes fabricados en la Nueva España, es posible mencionar al menos dos ejemplos.

El primero es un reloj de pie, construido en Puebla, en el siglo XVIII. A pesar de su sencillez, es un valioso ejemplo de la relojería local.

El otro está firmado por Diego de Guadalajara y Tello, que no fue relojero sino catedrático de la Academia de San Carlos, donde enseñaba matemáticas. El reloj de Diego de Guadalajara sigue los modelos de los relojes alemanes. Se trata de un instrumento que permite conocer la hora utilizando para ello la latitud del lugar en el que se encuentra el usuario. Este tipo de instrumentos, como hemos dicho, simplemente funcionan con la luz. En este

Reloj de sombra, de tipo equinoccial, firmado por Diego de Guadalajara y realizado en Nueva España entre 1760 y 1820. Colección Museo Franz Mayer.

Reloj de pie realizado en Puebla en 1791 y firmado por Mariano Zedillo. Colección Museo Franz Mayer.

caso la sombra del gnomon o aguja se proyecta sobre una media luna que tiene grabados los números que representan las horas.

Como recordarás, para que el reloj funcionara correctamente había que orientarlo hacia el norte, empleando para ello la brújula que está en el centro.

El tiempo y las ciudades

Se sabe que desde los últimos siglos de la Edad Media –es decir, del siglo IX al XIII–, las torres de las catedrales europeas alojaban grandes relojes que marcaban el principio y el fin de las actividades cotidianas. Los relojes se encontraban en esos sitios por ser las catedrales el punto más alto de una ciudad.

Estos relojes monumentales, a los que también se les denomina de rodamiento, funcionaban mecánicamente, con un sistema de pesas y ruedas dentadas (o engranes) que liberaban energía en secuencias de tiempo iguales. A partir del siglo XIV muchos de estos relojes se adornaron con autómatas que se desplazaban o simplemente se movían cuando el reloj marcaba el fin o el principio de un lapso determinado.

Los relojes también fueron colocados en los edificios de gobierno de las ciudades.

En 1528 la Audiencia de la Ciudad de México, uno de los primeros órganos de gobierno luego de la conquista por parte de los españoles, acordó comprar un reloj. Según parece, el palacio virreinal, hoy Palacio Nacional, adquirió el reloj hacia 1530. Sin embargo, quizá el reloj de torre más antiguo sea el que perteneció a la catedral de Cuernavaca.

Diego de Guadalajara, a quien ya hemos mencionado y del que seguiremos hablando un poco, escribió un libro en el siglo XVIII que hace una diferenciación entre los relojes públicos, de los que venimos hablando, y los privados. De los primeros comenta que son de mucha utilidad para el mundo político y religioso. Advierte que el juego de sonería marca las horas avisando sobre los divinos oficios –la misa entre ellos– y regula los trabajos públicos; mientras tanto, los relojes privados hacen gala de sus virtudes marcando no sólo las horas, sino los cuartos, los minutos y los segundos, valiéndose para ello de campanillas que, a pesar de su encanto, pueden sobresaltar a quienes duermen en medio de la noche. Además menciona la ventaja del despertador, que permite a las personas empezar el día a buena hora.

Catedral de San Marcos (Tuxtla Gutiérrez, Chiapas), Salatiel Barragán, Phototk.com, 2004. Fundado en la segunda mitad del siglo XVI, el edificio ha sufrido múltiples transformaciones. Actualmente la torre mayor alberga un carillón, es decir, un reloj provisto de un conjunto de campanas que tocan una melodía. El carillón de esta catedral tiene 48 campanas y suena cada hora para acompañar el desfile de las figuras de los apóstoles que aparecen sobre la peana (soporte), por encima de la imagen de San Marcos.

El tiempo y la moda

Los diversos instrumentos para medir el tiempo han estado presentes, lo mismo en las calles y las torres de las ciudades, que en la cómoda casa de los señores adinerados.

Ya hemos dicho que los reyes tenían relojeros personales que hacían para ellos hermosos aparatos.

Sin embargo, fue a partir del siglo XVII que los relojes ejercieron una enorme admiración en la gente, de tal modo, que poco a poco proliferaron en las casas de los pudientes.

Por aquel tiempo, los relojes de mesa y los de pie (o reloj abuelo, como también se les llama), eran parte de la decoración de una casa y hacían juego con el resto de los muebles siguiendo diversas formas o estilos.

Los relojes de mesa se caracterizan por ser pequeños y tener la maquinaria y la carátula en una sola caja sin divisiones. Estos relojes tienen dos o tres orificios, que sirven para darles cuerda con la ayuda de una llave.

Se colocan en las chimeneas o escritorios –por supuesto también en las mesas–. Funcionan con un pequeño péndulo y un sistema llamado de escape.

El reloj de pie es alto, con una caja larga dividida en dos partes. En la de arriba está la carátula y en la de abajo el péndulo, elemento principal de su maquinaria.

Los relojeros dieron gusto a los compradores con nuevos sistemas mecánicos que presentaban pequeños personajes que se movían al compás de la música o de las pequeñas campanas. Otras veces las cajas de los relojes se adornaban con maderas creando originales e incluso extravagantes decoraciones: los relojes ingleses y holandeses, por ejemplo, mostraban paisajes y personajes de la lejana China. Tanto se practicó la decoración en relojes y muebles con motivos orientales o *chinescos* que en Europa se hablaba de la *chinoisserie*, especialmente en Inglaterra y Holanda durante el siglo XVIII.

Reloj de mesa con sonería realizado por el relojero inglés Eardley Norton, entre 1770 y 1794 en Londres, Inglaterra. Colección Museo Franz Mayer.

◄●*Reloj de pie realizado en Amsterdam, Países Bajos, por Jacobus van Wyk, en el siglo XVIII. Colección Museo Franz Mayer.*

Los relojes portátiles

Los relojes portátiles fueron objetos de uso personal. Surgieron cuando el viejo sistema de pesas fue sustituido por mecanismos más compactos y pequeños. Los relojes de bolsillo fueron dotados de un sistema mediante el cual podía escucharse una tímida campanilla cada hora e incluso se podían regular para que sonaran en el momento deseado. Al parecer ya eran conocidos desde el siglo XVII, pero su uso se extendió entre el siglo XVIII y el XX. Son éstos el antecedente más directo de nuestros actuales relojes de pulsera, que surgieron en la primera mitad del siglo XX. Muchos de los antiguos relojes de bolsillo llevaban la inscripción de su dueño, su nombre y fecha. Se usaron como adorno para los vestidos, especialmente en las damas. Algunos retratos realizados en México, en el siglo XVIII, muestran a las mujeres engalanadas con sus relojes como adorno sobre la falda, otros eran exhibidos también en el peinado.

Reloj portátil de Spencer y Perkins, realizado en Londres, Inglaterra, durante la segunda mitad del siglo XVIII. Colección Museo Franz Mayer.

Inscripción: "Soy de Don Juan Quijano". Reloj portátil realizado por Spencer y Perkins (detalle).

Estos pequeños y sofisticados aparatos ostentaron valiosos materiales. Sus cubiertas de plata debían llevar diversas marcas que ahora nos ayudan a identificar su origen y fecha. Estas marcas nos muestran quién fabricó el reloj y dónde. Además, algunas de estas marcas también indican el impuesto que se debía pagar por la fabricación del reloj.

Los relojes portátiles eran guardados en el bolsillo de los caballeros del siglo XIX con una pequeña cadena que los sostenía y que pendía de la cintura. Los relojes portátiles también se usaron en escritorios; se creó para ello una caja de piel o metal que los resguardaba y muy pronto se les colocó un vidrio sobre la carátula para evitar que se maltrataran.

Retrato de Josefa Tobio y Estrada realizado en Nueva España, en el siglo XVIII. Colección Museo Franz Mayer.

Llegan los relojes de producción industrial

En un principio todos los relojes eran fabricados por artesanos relojeros, quienes aprendían o se informaban sobre el oficio en libros especializados que trataban el arte de la relojería. Con la industrialización de los procesos de trabajo en el siglo XIX, los relojes comenzaron a ser fabricados en serie y a llevar la marca de sus fabricantes. El ejemplo más claro de esta nueva etapa es la producción de relojes de pared que adornaron las salas y cocinas de la gente con menos recursos.

Los relojes estadounidenses de fines del siglo XIX pueden distinguirse por sus materiales, diseños y la manera en que fueron realizados. Plymouth, en Conneticut, es una ciudad de Estados Unidos que se destacó en la producción masiva de estos objetos, cuyas cajas eran de madera. Los relojes eran patentados y llevaban en su interior una garantía escrita y las instrucciones de su uso.

TRATADO
GENERAL Y MATEMÁTICO DE RELOXERÍA,

QUE COMPRÉNDE

EL MÓDO DE HACER RELOXES DE TODAS CLASES, Y EL DE SABERLOS COMPONER Y ARREGLAR POR DIFÍCILES QUE SÉAN.

ACOMPAÑADO

DE LOS ELEMENTOS NECESARIOS PARA ÉLLA, COMO SON ARITMÉTICA, ÁLGEBRA, GEOMETRÍA, GNOMÓNICA, ASTRONOMÍA, GEOGRAFÍA, FÍSICA, MAQUINÁRIA, MÚSICA Y DIBÚXO;

Precisos para poseer á fondo el Noble Árte de la Reloxería.

SU AUTOR

DON MANUEL DE ZERELLA Y YCOAGA,
Reloxero de Cámara de S. M. (que Dios guarde), enseñado en
Ginebra á expensas del Sr. Rey D. Fernando VI., é individuo
de las Reales Sociedades Matritense y Bascongada.

CON SUPERIOR PERMISO.

MADRID: EN LA IMPRENTA REAL.
1789.

Portada del Tratado General de Matemática y Relojería, *de Manuel de Zerella y Ycoaga, impreso en España, en 1789, por la Imprenta Real. Colección Museo Franz Mayer.*

Reloj de pared realizado por Eli Terry y su hijo en Estados Unidos, durante la primera mitad del siglo XIX. Colección Museo Franz Mayer.

Como hemos visto, la fabricación de relojes estuvo ligada a la ciencia, la navegación, la moda, la decoración del interior de las casas, al valor de los materiales con que estaban hechos y al paciente talento que los artesanos tuvieron para darles personalidad y belleza.

Los relojes, objetos centrales de los espacios públicos, entraron poco a poco en las casas, primero como artefactos de lujo que dieron prestigio a sus propietarios, y luego como elementos esenciales que regularon el trabajo en general y la vida social completa. Estos objetos fueron la expresión de una especie de acuerdo entre las personas. Ese acuerdo se mantiene ahora y quizá se mantenga por siempre.